ATELIER le 18 Mars 1897

F. ZUBER-BÜHLER

Paris — 1897

TABLEAUX

ET

Esquisses

PASTELS ET DESSINS

PAR

F. Zuber-Buhler

dont la vente aura lieu après décès
en vertu d'ordonnance enregistrée

HOTEL DROUOT, Salle N° 1

Les Jeudi 18 et Vendredi 19 Mars 1897

A 2 HEURES ET DEMIE

COMMISSAIRE-PRISEURS :

Me LÉON TUAL	Me A. DE CAGNY
56, rue de la Victoire.	rue Le Peletier, 24

EXPERTS :

MM. J. CHAINE et SIMONSON
19, rue Caumartin.

Chez lesquels on trouve le Catalogue.

EXPOSITION PUBLIQUE

Le Mercredi 17 Mars 1897, Salle no 1

DE 1 HEURE 1/2 A 5 HEURE 1/2

CONDITIONS DE LA VENTE

La Vente sera faite au comptant.

Les Acquéreurs paieront CINQ POUR CENT en sus des adjudications.

Désignation

1. L'Enfance de Bacchus.
2. Le Néant.
3. La Mi-Carême.

   Haut., 1 m. 24; larg., 1 m. 73.
4. La Noce troublée.

   Haut., 1 m. 24; larg., 1 m. 73.
5. Jeune Mère et son bébé.

   Haut., 1 m. 48; larg., 1 m. 14.
6. Le rêve de Faust.

   Haut., 1 m. 52; larg., 1 m. 17.

7. Danse de nymphes.

Haut., 1 m. 52 ; larg., 1 m. 24.

8. La Convalescente.

Haut., 1 m. 11 ; larg., 90 cent.

9. Le repos du Laboureur.

Haut., 1 m. ; larg., 79 cent.

10. Le Frère et la Sœur.

Haut., 1 m. 11 ; larg., 90 cent.

11. Faune et Bacchante.

Haut., 1 m. 03 ; larg., 79 cent.

12. La Rosée.

Haut., 1 m. ; larg., 72 cent.

13. L'Aurore.

Haut., 92 cent. ; larg., 74 cent.

14. Sylphide.

Haut., 92 cent. ; larg., 74 cent.

15. Le Bonnet d'âne.

Haut., 93 cent. ; larg., 74 cent.

16. Le Préféré.

Haut., 73 cent. ; larg., 93 cent.

17. Fillette dans un coin de jardin.

Haut., 73 cent. ; larg., 93 cent.

18. Le Repos de la Bacchante.

Haut., 73 cent. ; larg., 93 cent.

19. Nonchalance.

Haut., 74 cent. ; larg., 93 cent.

20. Jeune Mère allaitant son enfant.

Haut., 73 cent. ; larg., 92 cent.

21. La Famille du Sylvain.

Haut., 91 cent. ; larg., 72 cent.

22. Le Coucher de Bébé.

Haut., 91 cent. ; larg., 71 cent.

23. Jeune Fille jouant avec des chats.

Haut., 82 cent. ; larg., 67 cent.

24. La Source.

Haut., 1 m. ; larg., 73 cent.

25. La Mandoliniste.

Haut., 81 cent. ; larg., 65 cent.

26. Les petites Voleuses de cerises.

Haut., 66 cent. ; larg., 81 cent.

27. Italienne au puits.

Haut., 81 cent. ; larg., 65 cent.

28. Déjeuner du matin.

Haut., 81 cent. ; larg., 65 cent.

29. Dans les Blés.

Haut., 81 cent. ; larg., 65 cent.

30. Le Pont improvisé.

Haut., 65 cent. ; larg., 81 cent.

31. La Pêche interrompue.

Haut., 65 cent.; larg., 81 cent.

32. Jeune Paysanne sous un arbre.

Haut., 65 cent. ; larg., 81 cent.

33. Le Réveil.

Haut., 60 cent.; larg., 74 cent.

34. Les Bonbons.

Haut., 74 cent.; larg., 61 cent.

35. Les Premiers pas.

Haut., 74 cent.; larg., 61 cent.

36. Jeune Mère jouant avec son enfant.

Haut., 74 cent.; larg., 60 cent.

37. Consolation.

Haut., 74 cent.; larg., 58 cent.

38. Tendresse maternelle.

Haut., 75 cent.; larg., 63 cent.

39. Aragonaise.

Haut., 72 cent.; larg., 59 cent.

40. Mal éveillée.

Haut., 74 cent.; larg., 61 cent.

41. Retour des champs.

Haut., 67 cent.; larg., 49 cent.

42. Jeune Paysanne jouant avec son enfant.

Haut., 67 cent.; larg., 49 cent.

43. Un Point à la robe.

Haut., 68 cent. ; larg., 51 cent.

44. Le Repos du modèle.

Haut., 56 cent. ; larg., 46 cent.

45. La Cueillette des roses.

Haut., 61 cent. ; larg. 50 cent.

46. L'Enfance de Bacchus.

Haut., 58 cent.; larg., 47 cent.

47. Tête de jeune fille.

Haut., 56 cent. ; larg., 46 cent.

48. Le petit Modèle italien.

Haut., 56 cent.; larg., 46 cent.

49. Le Goûter.

Haut., 65 cent.; larg., 54 cent.

50. L'Album de photographies.

Haut., 67 cent.; larg., 54 cent.

51. La Toilette de bébé.

Haut., 61 cent.; larg., 50 cent.

52. La Prière.

Haut., 61 cent.; larg., 50 cent.

53. Fleurs des Champs.

Haut., 60 cent.; larg., 50 cent.

54. Le Réveil.

Haut., 61 cent.; larg., 50 cent.

55. Tête d'étude.

Haut., 61 cent.; larg., 50 cent.

56. Rêverie.

Haut., 50 cent.; larg., 61 cent.

57. Jeune Mère allaitant son enfant.

Haut., 50 cent.; larg., 61 cent.

58. Le Lever.

Haut., 61 cent.; larg., 50 cent.

59. La Glaneuse.

Haut., 56 cent.; larg., 46 cent.

60. Coquetterie.

Haut., 55 cent.; larg., 46 cent.

61. Au bord du Ruisseau.

Haut., 46 cent. ; larg., 55 cent.

62. Le Collier de perles.

Haut., 46 cent. ; larg., 55 cent.

63. La Famille.

Haut., 56 cent. ; larg., 46 cent.

64. Petite Mendiante.

Haut., 56 cent. ; larg., 46 cent.

65. Fillette jouant avec des petits chats.

Haut., 56 cent. ; larg., 46 cent.

66. L'Enfant malade.

Haut., 55 cent. ; larg., 46 cent.

67. Le Réveil.

Haut., 46 cent. ; larg., 57 cent.

68. Le Bain.

Haut., 56 cent. ; larg., 39 cent.

69. Jeune Mère jouant avec son enfant.

Haut., 52 cent. ; larg., 42 cent.

70. La Correction.

Haut., 50 cent.; larg., 41 cent.

71. Le Nid.

Haut., 50 cent.; larg., 40 cent.

72. Chant d'amour.

Haut., 46 cent.; larg., 38 cent.

73. Repos au bord du ruisseau.

Haut., 38 cent.; larg., 46 cent.

74. La Partie.

Haut., 50 cent.; larg., 40 cent.

75. Les Liserons.

Haut., 48 cent.; larg., 40 cent.

76. Le Bain.

Haut., 56 cent.; larg., 39 cent.

77. Bataille aux noyaux de cerises.

Haut., 46 cent.; larg., 56 cent.

78. Au Matin.

Haut., 46 cent.; larg., 38 cent.

79. Mélancolie.

Haut., 46 cent. ; larg., 38 cent.

80. Fillettes au Bain.

Haut., 46 cent. ; larg., 38 cent.

81. Jeunes Paysannes au bord de l'eau.

Haut., 46 cent. ; larg., 38 cent.

82. La Leçon du perroquet.

Ovale. Haut., 40 cent. ; larg., 33 cent.

83. Paresseuse.

Haut., 41 cent. ; larg., 33 cent.

84. Bacchante au repos.

Haut., 33 cent. ; larg., 41 cent.

85. Odalisque.

Haut., 41 cent. ; larg.; 33 cent.

86. Petite Italienne sous bois.

Haut., 41 cent. ; larg., 33 cent.

87. Jeunes Paysannes au bord d'un ruisseau.

Haut., 41 cent. ; larg., 33 cent.

88. Scène conjugale.

Haut., 74 cent. ; larg., 58 cent.

89. Après la lecture.

Haut., 74 cent. ; larg., 62 cent.

90-91. L'Émancipation de la femme : « Avant et Après ».

Haut., 74 cent. ; larg., 58 cent.

92. Parure champêtre.

Haut., 73 cent. ; larg., 60 cent.

93. Récréation du modèle.

Haut., 69 cent. ; larg., 51 cent.

94. Les petits Chats.

Haut., 55 cent.; larg., 46 cent.

95. Jeune Mère.

Haut., 59 cent. ; larg., 47 cent.

96. Les Bulles de savon.

Haut., 66 cent. ; larg., 55 cent.

97. La Danse des Sylvains.

Haut., 50 cent. ; larg., 68 cent.

98. La Rentrée des canards.

Haut., 38 cent. ; larg., 47 cent.

99. Le Bain interrompu.

Haut., 43 cent. ; larg., 52 cent.

100. Bouquet des champs.

Haut., 33 cent. ; larg., 25 cent.

101. La Sieste.

Haut., 33 cent. ; larg., 41 cent.

102. Promenade sous bois.

Haut., 28 cent. ; larg., 35 cent.

103. Les Lilas.

Haut., 47 cent. ; larg., 39 cent.

104. La Cueillette des mûres sous bois.

Haut., 47 cent. ; larg., 38 cent.

105. L'Escargot.

Haut., 25 cent. ; larg., 33 cent.

106. Basse-Cour.

Haut., 27 cent. ; larg., 35 cent.

107. Passage du gué.

Haut., 35 cent.; larg., 27 cent.

108. Les petits Curieux.

Haut., 27 cent.; larg., 35 cent.

109. Tendresse intéressée.

Haut., 46 cent.; larg., 36 cent.

110. Gardeuse de dindons.

Haut., 28 cent.; larg., 35 cent.

111. Jeune Mère.

Haut., 26 cent.; larg., 23 cent.

112. Jeune femme devant une psyché.

Haut., 36 cent.; larg., 28 cent.

113. Pêcheuse à la ligne.

Haut., 35 cent.; larg., 27 cent.

114. La Parure de cerises.

Haut., 35 cent.; larg., 27 cent.

115. Le Repos sous bois.

Haut., 27 cent.; larg., 35 cent.

116. La Toilette.

Haut., 35 cent. ; larg., 27 cent.

117. La Cueillette des pommes.

Haut., 35 cent. ; larg., 27 cent.

118. Jeune fille à sa toilette.

Haut., 35 cent. ; larg., 27 cent.

119. Tête de blonde.

Haut., 35 cent. ; larg., 27 cent.

120. Mère allaitant son enfant.

Haut., 27 cent. ; larg., 35 cent.

121. Voleuse de cerises.

Haut., 25 cent. ; larg., 33 cent.

122. Fillette couchée au bord d'un ruisseau.

Haut., 25 cent. ; larg., 33 cent.

123. Nonchalance.

Haut., 33 cent. ; larg., 25 cent.

124. Une Lettre difficile.

Haut., 33 cent. ; larg., 25 cent.

125. Le Réveil.

Haut., 25 cent. ; larg., 33 cent.

126. Rêveuse.

Haut., 25 cent. ; larg., 33 cent.

127. La Couronne de liserons.

Haut., 33 cent. ; larg., 25 cent.

128. Fillette.

Haut., 33 cent. ; larg., 25 cent.

129. Le Lever.

Haut., 33 cent. ; larg., 25 cent.

130. Le Partage.

Haut., 33 cent. ; larg., 25 cent.

131. Pêcheuses à la ligne.

Haut., 35 cent. ; larg., 27 cent.

132. Le Bain de pieds.

Haut., 35 cent. ; larg., 27 cent.

133. Le Faune pris dans les herbes.

Haut., 35 cent. ; larg., 27 cent.

134. Une bonne Prise.

Haut., 41 cent. ; larg., 32 cent.

135. Déjeuner aux prunes.

Haut., 41 cent. ; larg., 32 cent.

136. Petite Italienne.

Haut., 41 cent. ; larg., 33 cent.

137. Départ pour la promenade.

Haut., 36 cent. ; larg., 28 cent.

138. Les Willis.

Haut., 24 cent. ; larg., 32 cent.

139. Une Sylphide.

Haut., 27 cent. ; larg., 22 cent.

140. Le Bain.

Haut., 30 cent. ; larg., 22 cent.

141. La Cueillette des roses.

Haut., 27 cent. ; larg., 22 cent.

142. Après le bain.

Haut., 27 cent. ; larg., 20 cent.

143 La Botte de lilas.

Haut., 27 cent. ; larg., 22 cent.

144. La Cueillette des roses.

Haut., 27 cent. ; larg., 22 cent.

145. La Danse des nymphes.

Haut., 24 cent. ; larg., 19 cent.

146. Le Néant.

Haut., 22 cent. ; larg., 16 cent.

147. Le Hamac.

Ovale. Haut., 47 cent. ; larg., 40 cent.

148. La Bouquetière.

Haut., 34 cent. ; larg. 26 cent.

149. Fillette à la fenêtre.

Ovale. Haut., 43 cent.; larg., 35 cent.

150. Étude de nu.

151. Étude de nu.

152. Cour de ferme.

Haut., 28 cent.; larg., 35 cent.

153. Jeune femme couronnée de roses.

Haut., 55 cent.; larg., 46 cent.

154. A l'affût.

Haut., 35 cent.; larg., 27 cent.

155. La Danse des satyres et des Bacchantes.

Haut., 26 cent.; larg., 31 cent.

156. Petite Ramasseuse de bois.

Haut., 47 cent.; larg., 38 cent.

157. Prométhée sur le Caucase.

Haut., cent.; larg. ,cent.

PASTELS. — DESSINS.

158. Coquetterie.

159. Gitana.

160. La jeune Mère.

161. Nonchalance.

162. Femme à sa toilette.

163. Petites filles jouant avec un chat.

164. Le Déjeuner du chat.

165. Le Bouquet de violettes.

166. Fillettes jouant avec un chien.

167. Les Willis.

168. Sylphides.

169. Sous ce numéro, les dessins croquis non catalogués (division).

170. Sous ce numéro, les études peintes, et esquisses non cataloguées (division).

171. Lithographies.

172. Cartons de photographies d'après les tableaux de Zuber Buhler.

173. Chevalets, ustensiles d'atelier, mannequins, etc. (division).

www.ingramcontent.com/pod-product-compliance
Ingram Content Group UK Ltd.
Pitfield, Milton Keynes, MK11 3LW, UK
UKHW021039260726
13994UKWH00005B/2242

9 782329 440293